소년의 마음

소복이 글·그림

소년의 마음

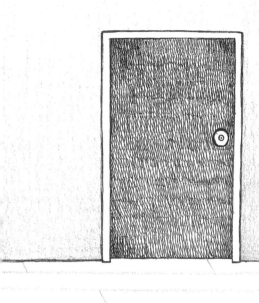

누나들의 문이 열려요.

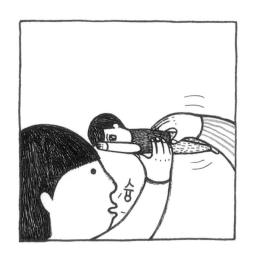

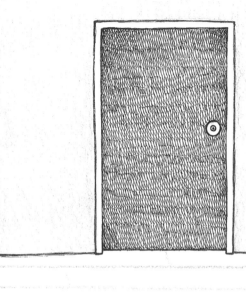

누나들의 문이 닫히면
그림을 그려요.

소를 그려요.
소를 아주 많이 그려요.

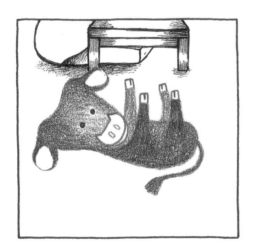
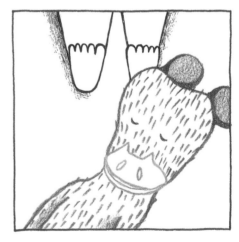

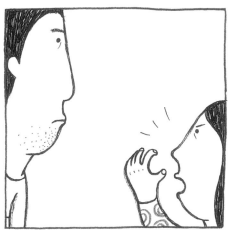
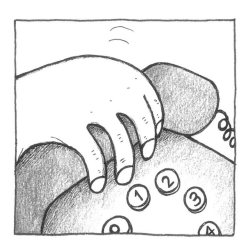

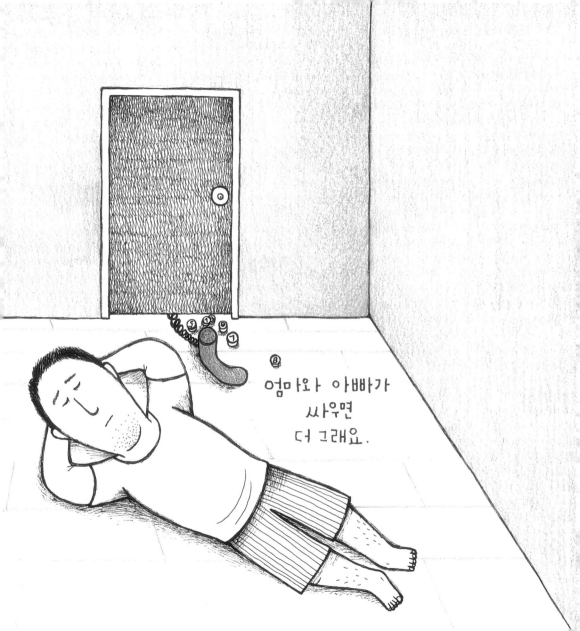

죽음은 깜깜한 땅속 세계예요.

걷지도 못하고 누워 있어야 해요.

소리를 질러도 아무도 듣지 못해요.

죽으면 나 혼자예요.

밥도 혼자서…

아, 죽으면 밥을 안 먹어도 돼요.

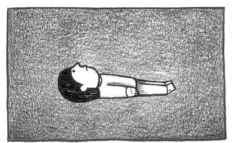

학교에 안 가도 되고,

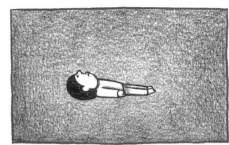

숙제를 안 해도 되고,

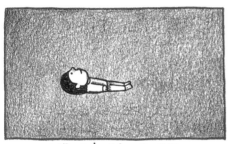

이를 안 닦아도 되고,

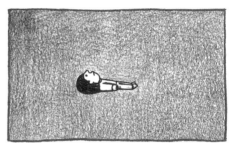

잠을 안 자도 돼요.

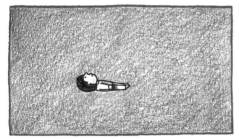

아무것도 안 해도 돼요.

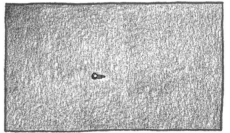

죽으면 끝이에요.

누나들이 죽을까 봐 무서워요.

엄마가 죽을까 봐 무서워요.

죽으면 다시는 못 보잖아요.

귀신이 되어서 볼 수도 있을까요?

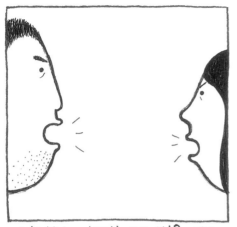

엄마와 아빠는 왜 싸울까요?

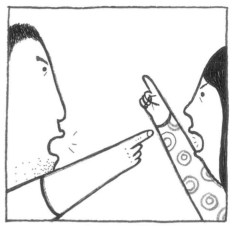

죽으면 만나지도 못하는데요.

아빠가 죽을까 봐 무서워요.

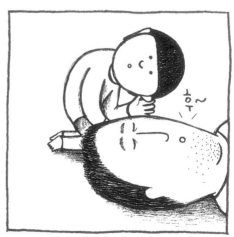

···아직 죽지 않았어요.

죽음이 무서우면 말을 그려요.

말들이 떠나요.

밥 먹을 시간이거든요.

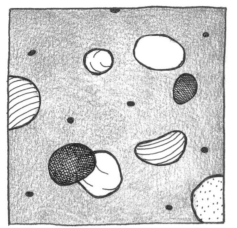

아빠와 싸우면 엄마는 카레를 만들어요.

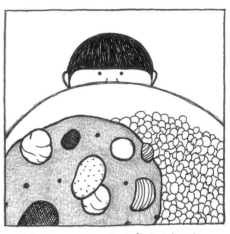

엄마의 카레는 맛이 없어요.

미움이 들어가서 그래요.

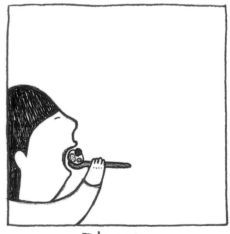

감자와

당근과

양파와

미움이 들어간 카레를

말없이 먹어요.

윙윙

밥을 다 먹자마자
엄마가 청소를 해요.

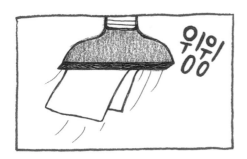

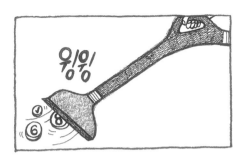

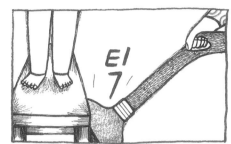

이 얘기를

하면

어차피

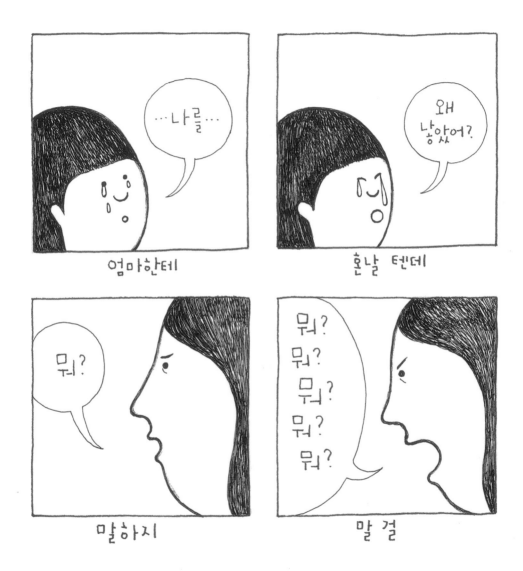

그랬나 봐요.

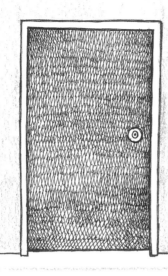

누나들이 싸워요.
누나들이 싸우면 나는 좋아요.

같이 놀 사람이

생기거든요.

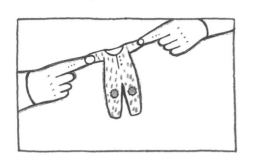

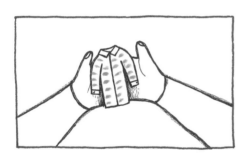

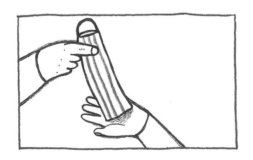

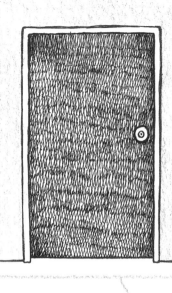

누나들의 문이 다시 닫혀요.

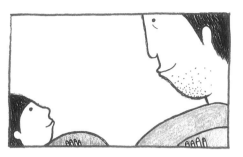

방이 없는 나는
방에서 쫓겨난 아빠와
나란히 누웠어요.

밤은 슬금슬금 다가와요.

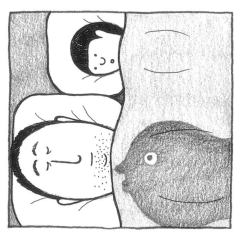

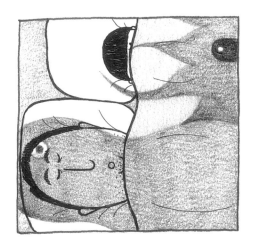
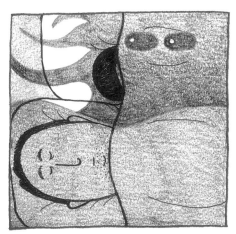

/부스럭부스럭\

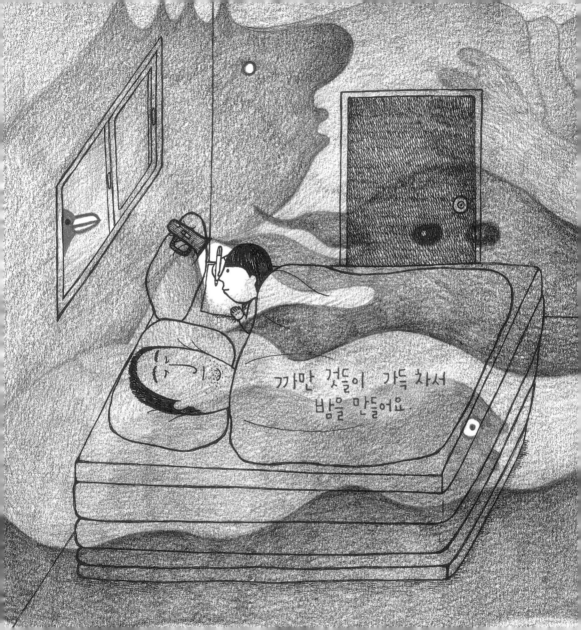

밤이 무서우면
새를 그려요.

새를 그려도

밤은 사라지지 않아요.

밤은 죽음과 닮았어요.

죽음은 어쩔 수 없어요.

그럴 땐 할머니가 생각나요.

할머니는 내 머리를 쓰다듬으면서

할머니,

드라마 보는 것을 좋아했어요.

할머니
다음은
뭐야?

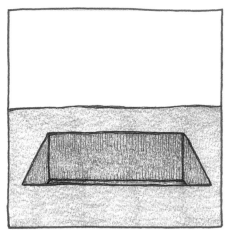

할머니는 하늘로 뿅! 하지 않고,

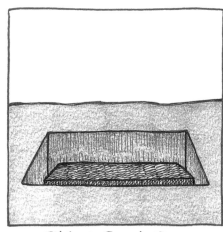

땅속으로 들어갔어요.

새를 아무리 그려도
밤이 사라지지 않으면
물고기를 그려요.

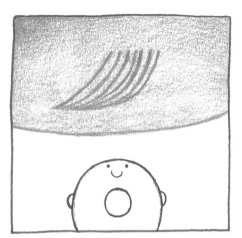

물고기를 그렸더니

바다가 생겼어요.

아빠는…

아빠는 괜찮을 거예요.

토토….

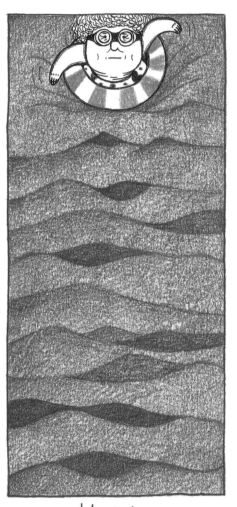

할머니,

우리 할머니가

수영을

잘하네요.

할머니. 모래야, 모래.

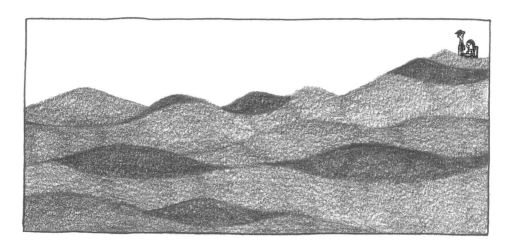

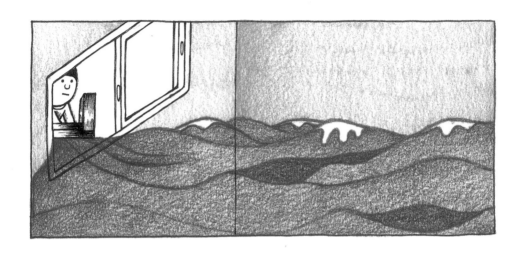

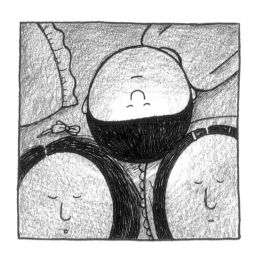

커어엉~
코어엉~

꽉

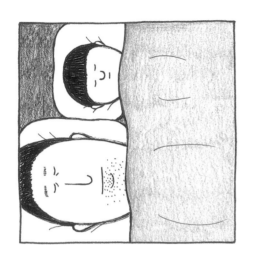
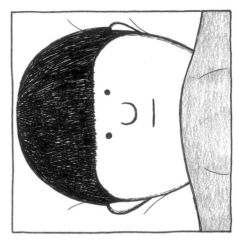
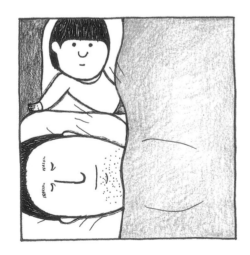
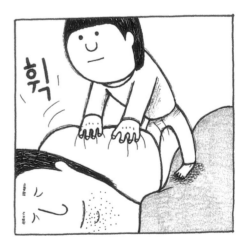

작가의 말

우리 다섯 식구는 방이 두 개인 작은 아파트에 살았습니다.

방 하나는 언니와 내가 쓰고, 나머지 하나는 엄마와 아빠가 썼어요.

방이 없는 남동생은 두 개의 방 중간쯤에

작은 책상을 펴고 그림을 그렸어요.

누나들 사이에서, 엄마와 아빠 사이에서 외로웠지만

그림을 그릴 때는 그런 생각이 들지 않았다고 해요.

우리는 그때의 동생을 그냥

말을 말처럼 잘 그렸지, 소를 소처럼 참 잘 그렸지 하고 기억하고 있어요.

소년이었던 동생 안에 무엇이 있었는지 아무도 몰랐습니다.

우리 집에서 제일 어린 사람에게 어두운 다른 게 있을 거라고는 생각도 못 했어요.

이제 어른이 된 동생이 웃으면서 얘기합니다.
그때 그랬는데, 지금도 그런 마음이 들 때가 있다고요.
아이였을 때는 아이여서 그런가 했는데,
어른이 된 지금도 그렇다는 얘기에 마음이 무거워졌습니다.

이 이야기는 그런 아이에게, 또 그런 어른에게
가만히 다가가 건네는 이야기입니다.

다시 그때의 동생을 만난다면 지금의 나는 어떤 이야기를 할 수 있을까요?
여전히 똑똑하고 다정한 누나는 될 수 없을 것 같지만,
옆에 오래 앉아 지우개질은 해 줄 수 있을 것 같습니다.

글·그림 소복이

남동생과 싸우지 않는다. 싸우면 그날은 힘들더라도 다음 날엔 먼저 전화한다.
그런 누나가 되고 싶은, 그림 그리는 게 세상에서 제일 재미있는 만화가다.
지은 책으로는 『시간이 좀 걸리는 두 번째 비법』 『우주의 정신과 삶의 의미』 『이백오 상담소』 『파리라고 와 봤더니』
『애쓰지 말고, 어쨌든 해결』(1, 2권)이 있다. 이 책 『소년의 마음』으로 2017 부천만화대상 어린이만화상을 받았다.
—— sobogi.net

소년의 마음

2017년 4월 28일 1판 1쇄
2021년 12월 20일 1판 5쇄

글·그림 소복이

편집 김태희, 장슬기, 나고은, 김아름 / **디자인** 백창훈 / **제작** 박흥기
마케팅 이병규, 양현범, 이장열 / **홍보** 조민희, 강효원 / **인쇄** 천일문화사 / **제책** 책다움
펴낸이 강맑실 / **펴낸곳** (주)사계절출판사 / **등록** 제406-2003-034호 / **주소** (우)10881 경기도 파주시 회동길 252
전화 031)955-8588, 8558 / **전송** 마케팅부 031)955-8595 편집부 031)955-8596 / **홈페이지** www.sakyejul.net
전자우편 literature@sakyejul.com / **페이스북** facebook.com/sakyejul / **인스타그램** instagram.com/sakyejul / **블로그** skjmail.blog.me

ISBN 979-11-6094-072-5 02810